-Das Home-Office-

-Den Virus besiegen-

-Den Abstand halten-

Bibliografische Information der Deutschen Nationalbibliothek.
Die Deutsche Nationalbibliothek verzeichnet diese Publikation in der Deutschen Nationalbibliografie;
Detaillierte bibliografische Daten sind im Internet über http://dnb.dnb.de abrufbar.

IMPRESSUM

Redaktion: Lektorat Hille & Schäfer, Freiburg
Gestaltung: pohl & rick Grafikdesign, Düsseldorf
Autorenfoto: © Photo-Atelier Claudia Reiter / www.foto-reiter.de
Reproduktionen: Digital Data Service Lenhard, Stuttgart
Gesamtherstellung: Print Consult, München

ISBN: 978-3-7630-2867-2

FSC
www.fsc.org
MIX
Papier aus verantwortungsvollen Quellen
FSC® C084279

Typisch Corona!

Peter Gaymanns Tagebuch

belser

Immer auf den Abstand achten...
...dann kann nix passieren.
T. GAY 2020

Für Peter Gaymann

Also der Test bei mir war dann doch positiv, also bezüglich meiner Immunität. Der Virus hat mich infiziert, was zur Folge hat, dass ich sehr amüsiert bin über die Zeichnungen von Peter Gaymann.

Das Verhältnis Mensch – Virus ist ja seit Jahrtausenden ein Beständiges – wenn auch nicht immer Unbelastetes. Die Sicht auf die Humorinfizierten haben schon unzählige Experten in die Ratlosigkeit befördert.

Der Virus Humor hat es, wie seine Kollegen im Internet, nicht einfach. Wurde doch den davon Infizierten schon in der Schule und in vielen Familien schon bedeutend früher beigebracht, dass das Lachen nicht stattfindet, wenn es nichts zu lachen gibt (siehe „Spaß beiseite!“)

Der Virus selbst hat es ja auch nicht leicht, er will anstecken, – er ist um seinen Wirkungsbereich besorgt. Kommt er aus Asien beispielsweise, via Händedruck, dann ist seine Reise doch mit Hindernissen gepflastert. Er muss den Hygienebesessenen ein Schnippchen schlagen. Natürlich will er auch brillieren. Globalität ist sein Zauberwort! Seine Provenienz ist für die einen angeblich ein Labor, für andere eine Gürtelmaus oder ein Fledertier.

Der Humor des Herrn Gaymann entspricht der Erkenntnis, dass der Mensch ein Lächerlichkeitsträger ist, – manche zeigen Symptome, andere weniger. Wieder andere infizieren uns. Und somit kommt der Humorvirus zu seinem Ziel, ungebremst! Wer ihn in die Welt gesetzt hat, wissen wir, – die Humorvirologen. Dass unser Autor seine Hände in Unschuld waschen will, vermute ich, weil ich mich krank lache in meiner Quarantäne, so lange bis die allgemeine Stirnrunzelei und Ratlosigkeit vorbei ist!

Gerhard Polt

Klopapier
ist aus!
P. GAY
15. März 2020

Ein Meter Abstand!
Gilt nicht für Medizin!
P. GAY
16/3/2020

Achtung!

Wenn die Vorräte alle sind,
hilft nur noch skypen!!

Nicht
so nah
ran!!
Museen haben jetzt
auch geschlossen.
Kein Wunder!
P. GAY
17.3.2020

Aktueller Trend aus Italien:
Balkon-Konzerte immer beliebter!

Die Olympischen Spiele sind abgesagt. Aber Sport *muss* sein!

Flugverbot für alle. Auch für Amsel, Drossel ...

Eierlegen nur noch im Homeoffice!

01815
Papa übertreibt wieder!
22. 3. 20
MATHE
MATHE
P. GAY 22/3/2020

Insieme andra tutto bene!
Gemeinsam schaffen wir es!

Ab heute sind die Spielplätze geschlossen.
Aber wir wissen uns zu helfen.

Vor kurzem wollte er noch Profifußballer werden.

AAALLLES RICHTIG GEMACHT. – Aber jetzt SOFORT Wasserhahn zudrehen!!
Happy birthday to you, happy birthday, happy birthday...
HOME OFFICE
Happy birthday to you...
T. GAY
25/3/2020

Das war ja fast zu erwarten.

Wir sind übers Wochenende am Gardasee.
Das Wasser ist gar nicht so kalt wie gedacht.

Könnt ihr nicht woanders Fußball spielen?
Komm wir gehen in die Küche.
P. GAY

Sind wir nicht alle gerade Artisten in der Zirkuskuppel?

Wie ist das Wetter bei Euch!
Frühlings-Haft!
J. GAY
30. März 2020

Zuhause bleiben – Für mich eine der leichtesten Übungen!

Du willst deine Großmutter besuchen?? Schon mal was von Corona gehört?
Schon mal was vom bösen Wolf gehört?
T. GAY
1. 4. 2020

Wenn diese Flasche "Chateau Quarantän" geleert ist,
hat er sicher einen in der Corona.

T. GAY
4.4.2020
GUTSCHEIN!
Der nächste Traumurlaub kommt bestimmt.

Heute Abend kommt was im Fernsehen über Corona.
Ach was.
MODE
T. GAY
5/4/2020

Die wenigen Autofahrer, die jetzt noch unterwegs sind, fahren doppelt so schnell wie normal.

Ob sich da der Osterhase noch reintraut?

Livestream, 19 Uhr
VIKTORIA MACHT UNS KAMILLENTEE
P. GAY
8. 4. 2020

Tja, die Macht der Gewohnheit.

Er wars!! Er hat nicht mitgesungen auf dem Balkon!
Hab ja mit-gesummt.
P. GAY
10.4.2020

– Karsamstag –

– Ostersonntag –

Warum sucht uns keiner ??
P. GAY

CORONA SPEZIAL
VIROLOGE
Sie müssen leider immer noch Geduld haben…
-Ostermontag-
GAY
13.4.2020

Auch der Humor erlebt gerade einen Stresstest.

Wozu die Maske? Wir sind doch allein auf weiter Flur!
Meine Pollen-allergie!!
P. GAY
16.4.2020

Vielleicht warte ich doch besser, bis am 4. Mai die Friseursalons wieder öffnen.

Nicht nur Virologen und "Hohe Tiere" zu Wort kommen lassen.
Hören wir mal, was das Kleinvieh zu sagen hat.

Hoffentlich "KUSSECHT"!

VITA

In der zweiten Märzwoche saßen wir noch fröhlich mit Freunden bei Wein und guten Gesprächen und verabschiedeten uns am Ende des Abends mit Handschlag und Umarmung. Wenige Tage später hieß es plötzlich *Lockdown* und *Social Distancing*, zwei Begriffe, die ich vorher nie gehört hatte. Was dann kam, weiß die ganze Welt.

Seit Beginn der Quarantäne habe ich alles (auf-)gezeichnet, was mich von morgens bis abends beschäftigt hat. Ich begann eine Serie mit Zeichnungen, die ich als sogenannte „Trostpflaster" täglich an Freunde schickte und in den sozialen Medien veröffentlichte. Ich hatte keine Vorstellung, wo ich damit landen und wie lange ich das durchhalten würde. Ein Experiment!

Wenn ich dem Stress, der Einsamkeit und der allgemeinen Unsicherheit ein Lachen entgegensetzen kann, ist viel gewonnen. – Bleibt gesund und behaltet den Humor!

Großer Dank an meine Frau Viktoria, die vielen Ideen den letzten Schliff gegeben hat.

Peter Gaymann, geb. 1950 in Freiburg im Breisgau, gehört zu den erfolgreichsten und beliebtesten Cartoonisten in Deutschland. Nach seinem Studium der Sozialpädagogik machte er sich 1976 als humoristischer Zeichner selbstständig.
2019 ist das 100. Buch von und mit Peter Gaymann erschienen, viele seiner Publikationen wurden Bestseller. Am bekanntesten sind seine lebendigen, dem Menschen so herzlich verbundenen Hühner. Mit dem Kürzel P. GAY sind sie in Zeitschriften und Zeitungen, auf Postkarten, Kalendern, Postern und Radierungen zu seinem Markenzeichen geworden. Seit 2017 wohnt er in einem umgebauten Gasthaus in der Nähe vom Starnberger See.

2015 erschien im Belser Verlag „Typisch Badisch – von Titisee bis Tuniberg",
2016 „Typisch Italienisch – Von Bozen bis Palermo", 2017 „Typisch Urlaub – Die schönste Zeit des Jahres?"
2019 „Typisch Büro – Die schönste Zeit des Tages" und 2020 „Typisch Bayerisch!"

LACHEN IST UNBEZAHLBAR.
SIE KÖNNEN ES SPENDEN!
Eckart von Hirschhausen bringt mit seiner bundesweiten Stiftung HUMOR HILFT HEILEN seit 2008 mehr Menschlichkeit in Krankenhäuser und Pflegeeinrichtungen. Eine stolze Bilanz:
Über 10.000 Clownsvisiten für Kinder, Erwachsene und Senioren
Über 1.000 Workshops für 15.000 Pflegekräfte und Ärzte
Über 2.000 Pflegeschüler psychologisch gestärkt
In der Summe hat die Stiftung mehr als 500.000 Patienten, Pflegekräfte und Angehörige mit Humanität und Humor in Berührung gebracht.
Und: es gibt noch viele Orte im Gesundheitswesen, die etwas zum Lachen brauchen, deshalb: Wenn Lachen die beste Medizin ist, wann werden Sie Humorspender?
Vielen Dank für Ihre Unterstützung!
über! 10 Jahre
HUMOR HILFT HEILEN
WIR STÄRKEN DAS HUMANE IN PFLEGE & HUMANMEDIZIN
Spendenkonto der Stiftung HUMOR HILFT HEILEN
IBAN DE24 2001 0020 0999 2222 00
WWW.HUMORHILFTHEILEN.DE